歌集

亡友

Boyu

福島泰樹

Yasuki Fukushima

角川書店

目次

写真　鬼海弘雄
装幀　間村俊一

歌集 亡友

福島泰樹

亡友　壱

白鳥の歌

記憶は俺をナイフのように刻みつけ帰っていったトゥオネラの川を

十一月十三日（月）、病室に駆け付ける

「ここで死ぬことにしましたゆたかなる人生でした」俺の手を取り

輸血に加え食事の停止命じたと柔らかに笑み笑みて告げにき

秋川渓谷「黒茶屋」での歌集出版記念会を君は楽しみにしていた

決断を翻してくれせめて五日、黒茶屋の灯の揺らめきやまず

手をつよく握れば俺の指先に煙草吸うよに指絡ませき

画布に向かいモチーフを錬るときさえも紫煙くゆらせいたるよ君は

老残の身であるゆえに血は不要　若き命に役立ててくれ

オホーツクの海鳴、否や野に吹雪く君の寝息を聴きつつ思う

青梅市河辺《かべ》の病院通いが始まる

黒岩康加藤英彦、君眠る病舎を夜々に訪れて佇つ

俺もまた幾度《いくたび》となくやわらかく霜降る髪を撫でて帰れり

英彦、康と出会いし夜は提灯を赤く点せる軒の灯となる

決断のその素早さや潔《いさぎよ》さ君を称えて酌みし酒はも

十一月二十三日払暁……

青梅市根ケ布の自宅を去りて濃き霧の樹林に帰りゆきたるや君

「トゥオネラ」ノ楽曲洌《キヨ》クナガレル谿辺《ケイヘン》ニ人生ノ傷洗ッテイルカ

雨の朝青梅に死すや白玉の　霜月二十三君を喪う

枕元には少年時の詩集『Ｒｅｒａ』が積まれて
歌集『トゥオネラ』出版記念会出席の同志諸賢に差し上げるため

「Ｒｅｒａ」とは「風」十一歳の詩を君は蒐《あつ》めけるかな韻《ひびき》哀しも

十一月二十七日朝、弔辞奉呈

可哀相な老婆のためにパンを焼き分け与えているのであろう

不運なる男らの名を連ねゆく弔辞であらば厳かに読め

あれからやはや四十《しじゆう》年、冨士田元彦待たせて書きし『水村』の辞は

君は、友人知己を語るのが好きだった

青春無頼の日々を煙らせ語るかな大野誠夫の拗ねた顔見ゆ

黒岩康加藤英彦、磊落な若き賢一の顔も現る

世渡りが上手な歌人、容赦なく罵声浴びせていたるよ君は

粛然と襟を正して語りけり菱川善夫、蓬《ノヤ》に霧降る

青梅、荼毘の後「黒茶屋」へ向かう

秋川渓谷河畔「黒茶屋」遺骨祀り愁《うれい》結《むすび》や盃を揚ぐ

交響詩「トゥオネラの白鳥」死の国へ流れる川を泳ぎ帰らず

川底の歌

歌誌「月光」松平修文追悼号（二〇一八年一月）刊

十三歳の頃から俳句に目覚めしと『沼の絵』涙のインクで書きし

「月光山」はわが庵の名　いくたびも訪れくれし花植えくれし

君が植えてくれた桜が育つ頃、此の世に集い花見をしよう

三月二日、松平修文百日忌を修す。出身は北海道北見……

交響詩「トゥオネラの白鳥」濃き霧が渦巻いている出口などない

青梅市根ケ布の自宅、君の枕辺には少年詩集『Ｒｅｒａ』が積まれていた

柳行李六棹分の詩稿はや十一歳の春より書きし

水禽が溺れ死ぬこと水禽が泪すること初めて知りき

雪の野をさ迷う小禽たちのため燕麦の種子ゆたかに育て

川底をぼくも走っているのだよ熱に浮かされ目覚めるまでを

こごえ死ぬこごえ死ぬてう川風に打たれて歌う昼顔の花

真っ青な草の底から滲み出る水よ朝にはまた滲みでよ

妹の足を洗っていたのだよ水草泛ぶ桶をかたえに

あやまって殺してしまった雲雀ゆえ納屋に籠もってわが身を罰す

七夕の夜に降る雨　薄暗い夜に降る雨、七夕の雨

あわれアイヌの夢にあらわれ泥まみれの鯉や鯎《うぐい》を洗う婦人よ

水底の砂に埋もれ死んでゆく十一歳のあわれわが詩は

Ｒｅｒａ風の歌

困民党井上伝蔵夢みしを北見の春は闌けて候

松平修文、君逝きて一年

遠ざかりゆく風景や　君の背に真塩のような冬の日が射す

いくら待っても帰りはしない緋連雀、梢にうるさく騒ぐをやめよ

君を囲むあわれ姉妹も青薔薇もトゥオネラの川を流れゆきしか

絶望の文体である呪詛であるいなや讃歌よ『トゥオネラ』遺しき

人生に暗い谷間がありしこと十一歳の詩稿は誌せり

「Ｒｅｒａ」風の意であるなら蕭々と君の絵筆の穂先から吹け

風は貧しいアイヌ婦人の肩を撫で蓬の原を吹きすぎてゆく

虐げられている人々や草花やいのちに涙そそぎてやまぬ

小笠原賢二を見舞う君の歌　窓外をゆく風のかたまり

菱川善夫も賀村順治も小笠原賢二も君も極北の人

奇麗に生き幸福を嚙み死んでいった戦う故に君らは在った

金色《こんじき》の霧につつまれいるのだろう彼の世があればきっとそうだろう

ある日テレビに飄然としてあらわれし「美術評論家」テロップの君

雨の朝、青梅に死す

その頃や俺は愛鷹《あしたか》山麓の　墓守人の日々を過ごせり

一九七四年春、松平修文「水村」二十首に感動

屈託のない諧謔と讃えしよ茶碗に泛ぶ桜吹雪かせ

田園が奏でる性の明るさの　固唾を呑んで口遊みけり

村木道彦の鬱憂、洵《まこと》拭い去り勁く抒《うた》えり水村の歌

溺れるはいずれ菖蒲か杜若《かきつばた》　少女であらば水門は雨

水につばき椿にみづのうすあかり死にたくあらばかかるゆふぐれ

さなり椿、この一代の絶唱を時代の詩とぞ褒め讃えつつ

一九七〇年代は万丈の　気炎を吐いて闊歩していた

七〇年代は波瀾に盈ちて豊穣の切なく辛くはた愛おしく

一九七七年六月早暁、篠突く雨の中……

生まれ育った東京下谷に舞い戻り猿猴《ましら》のごとく酒喰らいけり

雨の青梅街道をバイクで突っ走ったのは一九七九年五月
「七つの浪漫的情景」なども懐かしく淳《あつ》き画人に出会いきわれは

青梅二俣尾に若き画家のアトリエはあった
二俣尾正明院の縁先に降る月光の　酒酌み交わす

月光山正明院の屋根に降る光の雨を浴びて泣こうよ

青畑の青麻《あおそ》雛罌粟《ひなげし》きそいたち揺れ交わしげに辛き涙よ　王紅花

王紅花本名美津松平　耀《かがよ》い溶ける歌の数々

榧《かや》の木が落とす滴に濡れて立つ浴衣の裾の白き爪先

仄暗い庫裏に灯れる明るさの紅花《べにばな》あわれ君が新妻

王紅花の心尽くしの手料理の皿に紅蓮の火の色走る

二俣尾正明院に降る月の　光の中に遊びし蝶よ

あれから三十七年……

権威を嫌い世俗を断ちてひたすらに画境のためにのみ描きしか

二〇一七年十一月十三日、君は輸血を拒絶した

新鮮な血液ならば若き人に譲ろう　遅かれ滅びゆく身は

哀愁よ静かに裹《つつ》め死すまでを戦いぬきし友の頭《こうべ》を

雨の朝青梅に死せり　身の衷《うち》を雷鼓のごとく轟きやまず

亡友　弐

孤狼の歌

戦中に共に生まれし児であれば堪なん辛き涙拭いき

二月十六日、賀村順治の死を知る

「ギロチン社」中浜哲の相貌と重なり暗く潰えし夢か

二月十七日札幌、通夜に駈け参じる

札幌の麻生《あさぶ》の駅や雪明かり知らない町へ歩み入りにき

田中綾高橋愁《うれい》　札幌の琴似に肩を寄せ合い哭きぬ

二月十八日晴天、雪を満載したトラックがゆく

あわれ遺骨となってしまった胸骨を　高橋愁と拾い上げたり

顕子夫人に、君は私との出会いを話していた

上野駅を立ち行く君を万歳で送りしことがありけるをむかし

君は教育図書セールスを生涯の生業とした

祖を辿れば鍋島藩や葉隠のたましい継ぎて旅烏はや

塩撒かれ罵詈浴びせられ屈せざる「死ぬ事」ゆえに烈しく生きよ

歴史とは創りゆくこと然《さ》に非ず消えゆくことと存じ候

学生時代の話を聴いたことがあった……

塩辛き涙たらして呷りしか全学共闘　訣別の酒

自らの「血」を中核に起《た》ちしかばバリケード死守、など莫迦いうな

したたりの抒情戦うことの叙事統べてただありわれの血の海　順治

札幌の琴似にありて君は問う火の連雀よ　侵略の血よ

内側にむかい泳ぎゆきたればあからさまなる侵略の祖か

田中綾高橋愁《うれい》おれもまた琴似の赤い灯となる

北海の孤狼と君を讃えしは村上一郎自刃せる春

囲炉裏人の歌

蕩々と水は流れて俺もまた雲も流れて過ぎゆきにけり

一九七〇年晩秋、愛鷹山麓柳沢の一人となる

やまみちを降《くだ》ってゆくに濛々と霧立ち籠めて庵《いおり》は見えず

餅を搗《つ》く男ら障子張り替える女ら俺の入山のため

二十六歳青二才なるわがために川に浸かりて蟹をとる人

割烹着地下足袋手拭頬被り無住の庵に集う人々

山の窪みに小庵、前は川……

二尺四方の囲炉裏のほかになにもなし裸電球わが影のほか

風来のあわれ庵主は屈まりて囲炉裏に火を熾しおるのだ

銚釐《ちろり》に酒を滾らせていた来し方の闇に浮かびてまた消えてゆく

囲炉裏に酒を滾らせていた聴いていた戸の面の風や胸の凩《こがらし》

枝鳴らし吹き下りてくる凩の　女の悲鳴よりも切なく

三島由紀夫の蹶起を報せくれたるは立松和平、　いまだ学生

総身が耳になっていたのかもしれない悩ましくまた火を熾しつつ

火炎瓶路上に燃えていたりけり撲《う》たれて逃げてゆく俺がみゆ

罵詈山房の歌

ふかぶかと夢をみていた泣いていた蕩けるほどの思い出あらず

凜とした山村の正月

何も莫い何も覚えておらざれば幾夜の闇のつややかならず

生きるとは友を見捨てることとなるかまた一人ゆく愛鷹は雪

盃の波枡の波、丼の　最後に立てるは湯灌の波か

掃き集めた椿の骸《むくろ》に火を放つ

掃き集めし椿の骸　血の骸　侘助しろき女体の骸

紅乙女吹上絞り別れしはうすくれないの気狂いつばき

あれからやすでに昭和も遠くなり漂いきたる赤いサンダル

村上さんと会ったのは目黒、喜多能楽堂

名を問わば村上一郎、罵詈山房海軍主計大尉 某《それがし》

前衛は精神なればあえかなる歌の翼を濡らすともよし

あえかなる歌の翼を濡らさんと娟々《えんえん》として馬場あき子舞う

「述志」とは志を述べること歌うこと悲しみ深く諾《うべな》う情《こころ》

滂沱たる涙は胸の奥ふかく情《こころ》の河に流し候

感傷なくしてなんの人倫、愛鷹の山村にいて君を想うも

まだ五十四歳だった黒革のボストンバッグに日が射していた

一九七六年一月、賀村順治歌集『狼の歌』（反措定叢書）刊行

『狼の歌』をはるかにたぐり寄せ盃を揚ぐ凍《しば》れる夜を

墓守人の歌

賀村、地底のような君の電話の声が聴こえる

一万七千数百夜の彼方から地吹雪のごと聴こえくる声

青森の吹雪を纏い底籠もる真夜の受話器の黒き悲しみ

酒たぎるまで沸かしけり淋しければブリキの銚釐《ちろり》なれど愛しき

君が訪ねて来てくれたのは……

村上一郎自刃の報を受けし春、一升瓶を提げてあらわる

わが貧しき春であるゆえ川の辺に火を焚きにけり　花流しけり

わが庭の堤の上に咲いている痩せた桜の　花見の宴か

血に染まる此の世の花を掃き集め「秘すれば花」と君は笑まいき

閑庭に遊びし矮鶏《チャボ》や　乱暴に餌を撒く若き君の面みゆ

賀村順治歌集『狼の歌』構想なる

あの頃や冨士田元彦、阪妻の声音《こわいろ》真似て酒飲みにけり

変革者冨士田元彦　阿佐谷の「土佐ッ子」君の灯の砦なる

あれからやもはや四十有余年　闇の仮面の艶やかならず

＊

村上一郎自刃す　愛鷹山麓の春を訪《おとな》い来《きた》る一人《いちにん》

亡友　参

省線電車の歌

あかあかと夕日を浴びて御徒町ガードをいまも省線はゆく

昭和十八年三月、私はガード沿いの病院で生まれた

東京市下谷區下谷一丁目「東京市民」としてわれ生まれ来し

昭和十九年三月母死去、二十六歳

病室の窓の向こうを擦れ違い火花を散らし走りゆきたり

省線の過ぎゆく音よぼくを生み同じベッドで母逝きたまう

省線の遠音とともに然《さ》はあれど血よりも赤き夕日零れよ

母道江　大正六年五月、浅草花川戸に生まれる

浅草に咲きて下谷區御徒町病舎の窓に潰えし花か

電気館大勝館の灯も見えて桃割　少《わか》きわが母ならん

下駄の音だけが夜霧に冴する金龍館のその先見えず

祖母が私を育ててくれた

御徒町の病室祖母の背中から死んだ母さんただ眺めてた

浅草の花川戸から嫁ぎきて死んでしまった二十六歳

大震災満州事変盧溝橋学徒出陣母逝きたまう

霊柩車はあったのだろうか
戦争のさなかであればリヤカーに痩せた遺体がはこばれてゆく

車坂下を通って電車道　三ノ輪曲がって三河島まで

まっしろに桜も咲いていただろう火葬場、灰のように真白く

記憶にないだけのことだろぼくの目は死灰の山をじっと見ていた

ここよりは先へゆけないぼくのため左折してゆけ省線電車

あわく切ない記憶の彼方どこまでも歩いてゆこう母よ手を振れ

省線の遠音とともに消えてゆくわが幼年の夢ならなくに

台東の歌

昭和二十二年三月、下谷・浅草両區合併し台東区となる

夏草の涯に陽炎う　焼跡の上野浅草とおきわが日々

国民服の父より賜うシュークリーム　蕩けるような味を覚えき

楊柳は風に漂い池畔にはあわれ白衣の傷痍軍人

台東区むかし下谷區、浅草區、「花」と「女」の合併あわれ

「花の下谷區」「女の浅草區」「角帽の本郷區」（山口孤剣）

馬道を抜ければ今戸待乳山《まつちやま》鷗の渡しか吉原の灯よ

消えて行ったは彼《あれ》は菖蒲か浅草の　月光町とう韻《ひびき》かなしも

小沢昭一に似た悪漢が現れて浅草象潟町の夕暮

楊柳は風に漂い大池に映る凌雲十二階はや

万年町という町名すでにない
万年町だるま薬局向山美智子の家に赤い灯ともれ

旧下谷山崎町や西念や歩き疲れて黄金餅《こがねもち》喰らう

松葉町山伏町や町名を戻せ歴史の記憶を糺せ

地名に人の歴史はあかく血飛沫くを愚政の果てに消えゆきにけり

下谷區車坂町

下谷車坂に生まれ渡世の明け暮れや渥美清のいない風景

居住した人々も消え家も消え俥屋さんに陽が射していた

風景は消えそれを眺めた人も消え炙り出されてまた消えてゆく

大震災大空襲の火もあわや焼け残りしをわが町滅ぶ

「本邦初会話体幻燈小説」と銘打った
『上野坂下あさくさ草紙』白鳳堂の軒に晒され幾年経たる

東京大空襲の記憶もつ人　電車通りの町屋も消えてわが町滅ぶ

彰義隊敗走あわれ時は過ぎ奥州裏街道に降る雪吹雪け

この俺の在所を問わば御徒町のガードに点る赤い灯である

わが終の住処《すみか》を問わば東京市下谷區入谷　父母《ちちはは》眠る

坂本小学校の歌

錆びついた剃刀ひとついできたる押入にいれたブリキ罐から

小説『上野坂下あさくさ草紙』文庫版校正来……

幼年を思い起こせばやわらかく隣の塀に陽が射していた

昭和二十四年三月春の雪、一年二組梅津先生

タカセ帽子店布袋湯菊屋薬局とわが幼年の地図をたどれば

文庫版校正を中断……

みんな死んでしまった海軍兵曹の叔父も陸軍歩兵連隊の叔父も

歳月は地団駄踏んで立ち竦む否やどっこい逆立ちにけり

霧の朝《あした》も夜露の晩もいまも池に漂っている赤いサンダル

朝から雪、六年二組、最後の同窓会

万年町の悪童どもの顔も消えほどなく閉ざす記憶の窓か

居住した人々も去り家も消え滅びし屋根に雪あかく降れ

向山美智子と初めて握手交わせしがモナリザの笑みいまに忘れず

早稲田ゼミナール高三の夏が忘れられない

二十歳で逝きし野原久子よ生きていれば美しい婆さんになっていただろ

男らはカラオケなどに興じおり「六年二組」最後の会を

幼年の小沢昭一あらわれよ音無川の潺《せせらぎ》いずこ

閉校から二十二年目の春

屋上に上ってみしが筑波嶺やお化け煙突はやもう見えぬ

坂本小学校閉校の日や理科室で酒を喰らいき唐十郎と

理科室の窓の向こうを走りゆく風吹くな風、硝子のマントよ

唐版風の又三郎

唐十郎と肩を並べて歩みゆくダルマ薬局、風、旋風《つむじかぜ》

入谷坂本豊住松葉山伏町万年町の町名滅ぶ

解体の魔の手は伸びてわが母校坂本小学校に及べり

下谷界隈も変わってしまった
赤沼というボクサーが住んでいた二階の窓の灯《ともしび》も消え
橙を茂らせた家もとうになく米山さんも死んでしまった

浅草から嫁いで死んだ母を知るたった一人の小母さんだった

先日まで江戸明治大正昭和の建物が並んでいた
蒲鉾屋「和泉屋」「五十嵐提灯店」電車通りの町屋も滅ぶ

祖父が寄り父が徳利を傾けた「鍵屋」安政年間遠く

五軒長屋の角に咲いてた山茶花をこころの池にまた映しやる

此処に澱んだ水を湛えた大池が風に晒されベンチがあった
不良少女はもういない

唇を真っ赤に染めて坐ってた白いブラウス　紺のスカート

軍帽をはすかいにして突っ立っていたっけ兵卒　復員の叔父

亡友

四

懐かしのわが家

幼年やめぐれる朝をさみしめば屈折望遠鏡は覗かず

1

五月四日……今日、寺山修司三十七回忌

芸術やその運動の核として燦然として短歌はありき

啄木の短歌おもえば夢破れ終着駅にたどり着きたる

正午のテレビニュースで君の死を知る

昼のテレビに微笑むはいまだうら若き　多羅尾伴内に似たるその人

河北病院に直行

その日やたらに空碧くして阿佐谷のけやきの若葉かぜに戦げり

日を浴びて風に吹かれるものたちに挨拶をして遠ざかりゆく

実感が湧かないままに涙ぐみ棺の蓋を眺めていたり

一九六九年十一月、早稲田祭で私は前座講演をつとめた

独逸公演凱旋帰国颯爽と寺山修司三十四歳

被害者意識相互慰謝的私《わたくし》短歌寺山修司、斯《か》く語れるを

「わたくし」を世界の唯中に解き放て一人称を逆手にとれよ

解放し回収をする「わたくし」のドラマであれば愉しからずや

二人称三人称をも包括し多様な「私」の夢の欠片か

否定的自己は歌わず青春の擬制にあれど複製ならず

明快な方法論の et cetera これを書いてる私は誰だ

「ある時は片目の運転手」ある時は……寺山修司その人ならん

刊行されたばかりの歌集『バリケード・一九六六年二月』……

高々と歌集を翳し壇上で讃えてくれた人を忘れず

2

福島泰樹二十六歳、とびきりの肝臓誇り闊歩していた

死を前に本音を明かした詩「懐かしのわが家」

十二月十日弘前紺屋町　牡丹の雪の降り初めにけり

「少年倶楽部」怪傑黒頭巾連載の始まる年に生まれけるかも

「完全な死体」となるはいかなこと生まれることのあわれ山茶花

亡くなる少し前、「現代歌人文庫」の原稿を受け取る

ジャクリーヌ・ササールに似て聡明の額を分けて黒髪ひかる

四月十九日発熱の中、原稿を纏めてくれたと湯本香樹実は
昏睡前に書き上げくれし原稿と言いて涙の頰より落ちる

ならば最後の論究なるか啄木論、少年の夢忘れず書きし

3

五月四日浦町字橋本の小さな家に桜吹雪けり

極北の人

啄木の短歌ならねど夢破れ極北の風吹き寄せ去らず

苫米地の淋しい駅を降り立ちしは啄木、修司、君ではないか

早大学費学館闘争のさ中、菱川善夫を読む

「実感的前衛短歌論」バリケード吹き曝された椅子に凭れて

二人で小笠原賢二を見舞った日のことが思いだされてならない

前衛は方法ならず「精神の謂い」だと叫《おら》び、盃を揚ぐ

ことばの中にその命脈は息衝いて然り「叛逆の精神」なきを前衛というな

前衛は方法ならずましてはや意匠にあらず叛逆の志よ

敗北の抒情を問わば蹶然と雨天の椅子を蹴りて立ちにき

偉大なるわが弟よ！　評論よ、悲憤の声の耳朶まだ去らず

二〇〇七年九月二日、最後のインタビューとなった

俺が放った若き刺客や小松剛「殺しの短歌史」斬りこみにけり

二〇〇七年十二月十八日、札幌は雪

「極北院超善日和居士」君に凄《さむ》く授与せし法號ならん

「日」は日蓮、「和」は和子夫人よ厳《いつく》しく恒《つね》、翼《たす》け合い生きてきしゆえ
メトロポリタンホテルの灯よ　悠《とお》き日よ二人ならんでいる影法師

浅草「重寿司」が最後の酒となった

ダンディーな男だったぞ紫翠煙るネクタイ　細身の鳥打帽子

友達の歌

学生に教えたきことあまたある大逆事件　啄木の夢

日大芸術学部最終講義

貧しかったが明日があったゴールデンバットを吸えば雲は流れき

手触りの明日《あした》明後日《あさって》明明後日《しあさって》スクラムを組む若き顔上げ

聢《しつか》りと夢を抱えて生きていた切実なるよ「明日《あす》」という語は
治安維持法が猛威を奮った戦前に逆行しゆくを君ら動ぜず

自治会もクラスもすでに分断されスマートフォンの憐れでないか

講演の帰路、木曾川を通過……

木曾川の向こうを流れゆくものは雲にはあらず涙であろう

赤い鉄橋木曾川であると歌いしは豊橋に君住まいし頃か

初めてを君に褒められ木曾川の鉄橋　赤く渡りしからに

あの頃の君は旅より戻り来てニューファミリーの歌うたいけり

「やがて暗澹」わが愛しき一九七〇年代を去りゆく言葉

四、五日は躁にあらねどこうなってああなったのだ個人史灯れ

だがしかし時は流れてしかすがにみんな遠くへ行ってしもうた

「志操」より「詩想」を選ぶ君もまた歌壇の人となりて時過ぐ

後生は君の鏡に自らを映し柔らかく髪撫でておる

同期生、女優千賀ゆう子逝く

あれからや女優を目指し小劇場早稲田チェホフの「かもめ」は飛ばず

安吾また建礼門院かずかずの人を演じて笑みしその顔

平家語れば日本一よしかすがに桜の森は満開ならず

報われること少なきを誇らかに己に殉じ晴れやかなりき

初めてを額《ぬか》にふれにき柩なる花に埋もる女優の額に

一九六六年三月二十五日

白い手を振り上げ君は叫んでた統一総括卒業式はや

夢のバリケード築くぞ君よ純白のブラウス風に孕ませて来よ

ソフトハット斜交《はすかい》にして若き日の顔と思うも立ち去りにけり

今宵またグラスに映る人あまた君も死人か笑顔浮かべよ

啾々と哭く鬼あらば　粛々と心の底を歌い死ぬべし

桜貝のそのいろあいもてざわりも朧《おぼろ》となりて歳月や経る

昨年の晩春は……

大岡川河畔に点る灯《ともしび》の桜花吹雪きて春闌けてゆく

香島威彦大上昌昭日が暮れて飯田義一と四人《よたり》集いき

あれからは……、そうだったのか五十年かたみに肥えた肩抱き合えば

生きていれば互に肥えた肩を抱き心の秘密打ち明けもする

会うこともなく過ぎゆけど学友は互《かたみ》に生きているだけで善し

昭和任俠伝の帰路「健さん」「鶴さん」と呼び合った……
脇差は晒しに包《くる》み兵児帯を巻いていたのだ夢より覚める

「死に至る病」と説けば一升瓶ラッパ飲みして吐いてまた飲む

飯田義一よ真底淋しく思うのだ墓石に帽子載せて帰るぞ

黒いサージのズボンのポケット膨らませ桶本欣吾が突っ立っていた

天上に風は逆巻きいるのだろう雲の切れ目を陽は降り注ぐ

亡友　五

夜の鏡

六月の雨天をひばりの歌をもて溢れせしめよ若き死者たち

一九八九（平成一）年

昭和通りを叩く雨音　行軍の若き顔みゆ草生《む》すな君

四月、駿台予備学校「小論文」科の講師就任　一九九〇（平成二）年

あわれ教師になりたかった夢しかすがに四十七歳　白雲《しらくも》なびけ

近代芸能のメッカ浅草「常盤座」で絶叫コンサート、最後の座長を務める　一九九一（平成三）年

さらば常盤座百年の灯よ！　大正よ、奈落の底を花吹雪せよ

八月、中上健次死去。熊野での葬儀には行かず

裏切って来る度に切る指ならば夜ごと数えてさびし俎板

一九九二（平成四）年

十二月、中井英夫死去、『虚無への供物』プロローグは……

開幕は下谷竜泉黄泉ならずアラビク黄なるあかりを灯す

一九九三（平成五）年

出雲法恩寺、戦死した叔父の五十回忌法要に参列

歳月の夢の彼方や払暁の　奄美の沖に漂いていいん

一九九四（平成六）年

八月十五日、詩人阿久根靖夫中国望江路で客死

言葉によるたった一人の蹶起とも思う朱の雲、鳥みだれ落つ

一九九五（平成七）年

三月、わが母校台東区立坂本小学校閉校

坊主頭にバリカンの痕　だぶだぶの開襟シャツが突っ立っていた

一九九六（平成八）年

四月、作家石和鷹、下咽頭癌で死去。六十三歳

若き日の涙はあまく密なすをくされ泪となりて歳ふる

一九九七（平成九）年

五月、佐瀬稔死去。佐瀬さんは私の絶叫ファンだった

「悲しすぎるぞ」野次を飛ばして哭いていたその純情の作家魂

一九九八（平成十）年

母初江死去。東京大空襲前夜に嫁ぎ、私を育ててくれた

不毛の荒野と化した焼跡　ぼくの手を引いて歩める若き影みゆ

一九九九（平成十一）年

『福島泰樹全歌集』出版記念会司会は、河出書房新社の名物編集者……　二〇〇〇（平成十二）年

孤独の胸に火の暗澹を抱いていた丸紅飯田御曹司はや

八月、小中英之死去。押しかけ兄貴小中は、私を呼び捨てた　二〇〇一（平成十三）年

「ヤスキ！」と呼ぶは英之、見上げれば羊雲　君と茂樹なるらむ

作家日野啓三は、虎の門病院での不安の日々を語った

聢《しか》と立つオレンジ色のやさしさの　東京タワー寄る辺なき身に

二〇〇二（平成十四）年

メデジン国際詩祭に出演、コロンビア各地で絶叫。貧しい人々に日本の戦後を……

路面電車の残骸のように立っていたゲートル痩せた足に巻いてた

二〇〇三（平成十五）年

二月、オカリナ奏者佐山二三夫自室で餓死、四十四歳

土笛を吹いて蹲《しやが》んで売っていた三鷹駅下コンドルゆかず

二〇〇四（平成十六）年

六月、歌人《うたびと》塚本邦雄死去

存在と非在のあわい純白のダブル　棺の君を忘れず

二〇〇五（平成十七）年

十月、わが拳闘の師バトルホーク風間逝きて三年

つややかな夜の鏡に笑みて立つ黒いガウンは風間清か

二〇〇六（平成十八）年

生誕百年を記念し『中原中也　帝都慕情』を刊行

少女らの声は聴こえず浅草の興行街に降りしきる雨

二〇〇七（平成十九）年

七月、早稲田短歌会以来の同志黒田和美死去　二〇〇八（平成二十）年

立ったまま目薬を差す人をまた哀しんでいる羨んでいる

『祖国よ！特攻に散った穴沢少尉の恋』刊、標題命名は辺見じゅん　二〇〇九（平成二十一）年

ひとりの影がひとりの影を呼び寄せて縺れ合いつつ果ててゆきにき

立松和平はフクシマ原発事故を体験せずに逝った

絶筆となりし良寛、枡の目を田中正造憤然と立つ

二〇一〇（平成二十二）年

五月、若き日の相棒、詩人清水昶逝く

人生の渚に浮かぶ白い雲　波に呑まれて消えてしもうた

二〇一一（平成二十三）年

「追憶の風景」（「東京・中日新聞」）連載始まる

香りよい酒の匂いを漂わせ常住郷太郎わが前に立つ

二〇一二（平成二十四）年

第二十七歌集『焼跡ノ歌』を刊行

日々に眺めた風景は消え　焼跡に俺に似た児が佇んでいた

二〇一三（平成二十五）年

「東京、感傷紀行」（芸術新聞社ウェブ連載）執筆のため下谷界隈を歩く　二〇一四（平成二十六）年

立ち呑みの店は潰えて草むらにあわれコップの破片が光る

早大学費学館闘争五十周年記念版ＣＤ『遙かなる朋へ』をリリース　二〇一五（平成二十七）年

五分咲きの桜が涙に揺れていたデモ指揮をする俺の瞼に

「うたで描くエポック　大正行進曲」（「現代短歌」）三十首連載開始　二〇一六（平成二十八）年

監獄で生み落とした児であればボルセヴィチカに育て上げよう

ベルリン詩祭での公演を終え、ザクセンブルク収容所に案内される　二〇一七（平成二十九）年

真白な死灰の上に群れて咲く殺戮の花なれど真白き

御徒町のガードの上を火を散らしいまも省線電車はゆけり

第三十歌集『下谷風煙録』刊行一年　二〇一八（平成三十）年

「根源的敗北を敗北し続けよ！」あわれメットに書き殴りけり

第一歌集『バリケード・一九六六年二月』刊行五十年……　二〇一九（平成三十一）年

跋

級友樽見への言問いで始まる第一歌集『バリケード・一九六六年二月』刊行から数えて五十年。昨秋刊行の『うたで描くエポック　大正行進曲』に続く、三十二冊目の歌集を「亡友」と名づけた。そう、生者への語りかけが、死者への呼びかけとなって、はや日は久しい。

亡友　壱

松平修文画人、歌人。近現代美術に造型深く、青梅市立美術館を立ち上げた男だ。生まれは北海道北見、幼少年時より俳句、詩作を友とした。一九七〇年代中葉、「水につばき椿に水のうすあかり死にたくあらばかかるゆふぐれ」の一首に出会い感銘。冨士田元彦の依頼で処女歌集『水村』（一九七九年）解説を執筆、以来心の友となる。

連絡を受け、青梅市河辺の病院に急行したのは、一昨秋（二〇一七年）十一月。

この朝、出血があった。いつもより量が多かった。医師を呼び寄せた君は、輸血と食事の停止を命じた。直腸癌末期の患者に輸血と食事の停止は即死に繋がる。その背景には、数日前医師が言った「若い患者を救うために、血液は大変貴重なものです」の一言があったのであろう。

私の差し出した手を握り、静かに笑みを湛えながら君は言った。「此処で死ぬことにしました……」。君はこの十一月、秋川渓谷河畔「黒茶屋」で開催される第六歌集『トゥオネラ』の出版記念会を楽しみにしていた。輸血、食事を断ってから十日目、十一月二十三日払暁……。青梅は雨であった。自宅に戻った君の枕辺には少年時代の詩集『Ｒｅｒａ』が積まれていた。「Ｒｅｒａ」とはアイヌ語で風の意。「可哀そうな老婆や／少年少女たちを／見かけただけで／熱を出して寝込んだりしていては／ならない／こんな心の弱さを／人に知られてはならない」（「痛苦」）。隣人、弱者に向ける哀憐の情！

十二歳にして君は、人生の深い断念を体験していたのだ。

哀愁よ静かに裹《つつ》め死すまでを戦いぬきし友の頭《こうべ》を

亡友　弐

『バリケード・一九六六年二月』を刊行した翌一九七〇年晩秋、私は東京を離れ沼津市の山村の寺に赴任、墓守人の日々が始まる。日が暮れると囲炉裏に火を熾し、ブリキの銚釐《ちろり》に酒を注ぐ。ある夜、木枯に耳を傾けながら茶碗に酒を注いでいると電話が鳴った。暗く底ごもる声の背後に私は吹雪の気配を感じていた。

賀村順治、終戦の年、札幌市琴似に生まれる（先祖の地は、佐賀鍋島、四代前屯田兵として入植）。少年時より短歌を書く。一九六七年、北海学園を卒業。教育書セールスの道を選ぶ。菱川善夫を中心とした「北海道青年歌人会」に積極的に加わり、『現代短歌'70』でデビュー。遥々《はるばる》訪ねて来てくれた君と、痩せた桜の木の下、茶碗の酒を酌み交わしたことなどが思い出される。村上一郎が自刃した年の春であった。翌春、わが「反措定出版局」から歌集『狼の歌』を刊行。

一九八八年四月、季刊「月光」創刊に参画。セールスを骨身に体現した君は、「個と衆」の論理を鋭くさせ、大地の口惜しみを歌い、差別される者の苦しみを歌い、アフリカを歌い、ニグロを歌い、アイヌを歌い、世阿弥を歌い、ついには非人に至り、セールスマンの自己を烈しく歌った。「今日の辻昨日《きのう》の河原朱に染めて燃えよ非人の末裔の歌」。

村上一郎、短歌を日本人の「ロゴス」「道」「志」の文芸として高らかに宣揚した人。「感傷なくして、なんの人倫か」。歌と人の根底に、感傷を置いた。七五年、東京に開花宣言が発せられたその日、日本刀で右頸動脈を切断、まだ五十四歳だった。亡くなる少し前、「現代の眼」誌上に、私を名指し一文を書いた。「バリケード戦から山の中の住職になったとかいう、さして珍しくもない履歴で虚名を得た福島泰樹のその後を考えると泪がしみてくる。わたしは、彼の知らないうちに彼と同志的かかわりをもったこともある」。

村上一郎に私は、歌集『風に献ず』一巻を献じた。


北海の孤狼と君を讃えしは村上一郎自刃せる春

亡友　参

三十七回忌にあたるこの五月、東京吉祥寺「曼荼羅」で寺山修司追悼コンサート「望郷」を開催した。

初めて会ったのは一九六九年十一月早稲田祭。この日私は、講演の前座をつとめている。演壇に立った寺山さんは、コートのポケットからやおら歌集をとりだし、オマージュの雨を降らせてくれた。『バリケード・一九六六年二月』の最初の批評者は、寺山修司であったのだ。

「短歌が孤立して、次第に個の内部世界へ退行してゆき、「たかが文学」になり下がってしまおうとしているとき、福島はそうした主体性話に放尿し、唾を吐き捨てて、雲のちらつく「その前夜」の志士のように、小唄に替えてうたってみせている」。寺山さんが、私の短歌をこんなふうに評してくれたことなどが、懐かしく思い出される。

昨春、台東区立坂本小学校「昭和三十年卒業生」最後の同窓会があった。戦後の貧しい時代に集った六年二組の級友たち。幼い顔が浮かんでくる。

一九九六（平成八）年、開校百年を待たず閉校。その日私は、懐かしの講堂で短歌絶叫コンサート「さらば、坂本小学校の灯よ！」を開催、すでに亡き恩師、級友への謝恩とした。ゲストに呼んだ先輩唐十郎、後輩バトルホーク風間と肩を組んで校歌を唱った。あれからにして二十三年……。

万年町山伏町豊住町坂本などの町名が滅んですでに日は久しい。せめて、大正十五年築の、東京大空襲に耐えたモダンで堅牢な校舎だけでも建ち続けていて欲しい。


万年町の悪童どもの顔も消えほどなく閉ざす記憶の窓か

亡友　四

友とは記憶の共有者であり、友の死は、友の記憶に生きている私の死に他ならない。一昨春、学友飯田義一を送りしみじみと、そう思った。

千賀ゆう子、早稲田国文科の別嬪だった。早稲田小劇場退団後は、企画演出の他、語りの分野で活躍した。私が聴いたものでは近松門左衛門、泉鏡花、坂口安吾……。京都長楽寺での「建礼門院」の墨染めが忘れ難い。癌を宥めながら活動する彼女と中野で会食、旧交を温めた。瀕死の病者でありながら、なお快活で人を豊かにする女であると思った。六本木ストライプハウス、平家を語り終え、私の背中に向かって発した「また、デートしようね」が、私への最後の言葉となった。

本歌集本文を脱稿した六月、君は「亡友」ではなかった。千枚を超える哲学論文を書き上げ、病室から私に出版の協力を申し出ていたのだ。声調は明るく喜びに溢れてさえいた。然るに私は、挽歌ともとれる二首を、「友達の歌」巻末に書き入れていた……。とまれ、君の思索の根底には、十九世紀ドイツの詩人ヘルダーリンが眩い光彩を放ち続けていた。すでに君は『光から時空へ』『明けゆく次元』の二冊の大著を出版している。

桶本欣吾、早大文学部西洋哲学科の同期。初会は、一九六二年初夏。君はいつも学生服のズボンのポケットを、文庫本や大学ノートで膨らませ、夢見るようにキャンパスを闊歩していた。君はベートーヴェン、ニーチェの嵐を私に吹き込んだ。戸塚二丁目のクラシック喫茶「あらえびす」に私を誘ったのも、君だった。卒業後は「電通」に勤務。激務の中を掌編『迷宮行』、詩集『禍時刻』を刊行。悪友桶本欣吾の死は、キャンパスを闊歩したあの時代の私の死だ。

ワイシャツの腕を捲って立っていた颪に吹かれてたただ立っていた

亡友　五

昭和という時代と刺し違えるように逝った坪野哲久、そして美空ひばりの死。二人の死は私に、改めて昭和の終焉を痛感させた。さて、平成の終りを見据え「短歌研究」が編んだシリーズ「平成じぶん歌」に作品を寄せ、改めてこの三十年に及ぶ私史《わたくし》に思いをつよくしていた。

一九九二年八月、中上健次が逝った。出会いの切っかけは送られてきた小説『鳩どもの家』（一九七五年）であった。死後、熊野を駆け巡った私は歌集『愛しき山河よ』を君に献じた。この年の十二月、詩人諏訪優が、翌九三年十二月、作家中井英夫が逝き、共に私の寺で引導を渡した。

一九九七年、私は相次いで二人の年長の友を亡くした。一人は作家石和鷹（水城顕）、一人は編集者神戸明。悲しみは堰を切り歌となって溢れ、声となって空間を響動もす。彼らに献じた歌の数々は、メンバーである佐藤龍一（ギター）、石塚俊明（ドラムパーカッション）、菊池雅志（尺八・横笛）、永畑雅人（ピアノ）、平松加奈（バイオリン）らが作曲、絶叫ナンバーとして以後何百ものステージを重ねてゆく。二〇〇三年六月、メデジン国際詩祭に招かれた私は十万人を前に絶叫。コロンビア各地を駆け巡り、国境（言語）を超えた歌の復権を体験した。以後、ネール大学（デリー）、ケネディ・センター（ワシントンDC）、ベルリン詩祭でのコンサートも忘れ難い。

二〇〇四年秋、長雨が降り続いた。十月三日、バトルホーク風間。翌四日、小笠原賢二死去。一人はボクサー、一人は文藝評論家。共に早暁、激しい雨の中を死んでいった。好きな言葉は、二人共に「逆風」であった。

学生時代、歌集『日本人靈歌』に出会ったことが、私のその後を決定した。二〇〇六年六月、万感をこめて私は歌人《うたびと》塚本邦雄に弔辞を奉呈。歌集『青天』を献じた。翌年歳晩十五日、評論をもって現代短歌を牽引し続けた菱川善夫が逝った。「偉大なるわが弟よ！」、小笠原賢二の死を悼むその悲痛な声がいまだ耳朶を震わす。思えば、小笠原も、松平も、賀村も、菱川もみな極北の人であった。翌年七月、早稲田短歌会以来の学友黒田和美を喪う。

今世紀の幕があがった途端、友人知人たちがばたばたと他界していった。西井一夫、渡辺英綱、冨士田元彦、そして立松和平、清水昶、三嶋典東。西井は、クロニクル編集者として『20世紀の記憶』(毎日新聞社)全二十巻を纏めあげ果敢に死んでいった。そう、人体とはまさに、時間という万巻のフィルムを内蔵した記憶装置。関東大震災、空襲、ヒロシマ、ナガサキの記憶を風化させてはならない。短歌とは、「時間という万巻のフィルム」を巻き戻し、その一齣一齣を鮮烈に炙り出す現像装置に他ならない。

とまれ「亡友」となった彼らへの尽きがたい想いは、歌集『月光忘語録』、『無聊庵日誌』、『血と雨の歌』、『哀悼』、『下谷風煙録』、さらに追悼集『追憶の風景』で歌い、かつ書き記してきた。

渋谷道玄坂での夕暮だった。酒を飲みながらの対談(「報知新聞」)だった。突如君は、「俺はね、死んだら下谷行くんだよ」と言い出し、つられて私も、並んで墓を建てる約束をしていた。作家立松和平逝きて九年、君の墓の隣はいまだ更地のままではある。

時代とこころの闇にむかって書いてきた光の雨よ若き死者たち

＊

本日をもって、坂本小学校裏の路地裏に拳闘の灯を点し続けてきた日東拳が、九十年の歴史の幕を降ろしてしまう。創業はボクシング草創期の一九二九（昭和四）年。建物は往時のまま、日本最古のジム建造物である。人々の記憶の集積、建物もまた「亡友」であるに違いない。中断もあったが、四十年を通い続けた。

第三十二歌集『亡友』を閉じるにあたり、この時代を共に生きる友人知己、主宰誌「月光」の歌友たちにエールを送りたい。併せて装幀の間村俊一氏に謝意を表する。歌集『柘榴盃の歌』以来三十一年。歌集二十冊、加えるに文芸評論、ボクシング評論、エッセー集、絶叫版カセット、ビデオ、CD、DVDなど五十有余点が、その天賦の技量、絶妙の閃きから生み落とされた。終りに、多忙な時間を割いて下さった「短歌」編集長石川一郎氏、編集部打田翼氏に深甚の謝意を表します。有難うございました。

二〇一九年九月三十日　下谷月光庵にて

福島泰樹

初出一覧

「短歌」	二〇一八年一月号
「短歌研究」	二〇一八年一月号
「弦」（四十二号）	二〇一八年一月刊
「月光」（五十四号）	二〇一八年一月刊
「短歌往来」	二〇一八年四月号
「短歌」	二〇一八年五月号
「現代短歌新聞」	二〇一八年五月号
「月光」（五十五号）	二〇一八年五月刊
「短歌研究」	二〇一八年八月号
「月光」（五十六号）	二〇一八年九月刊
「月光」（五十七号）	二〇一八年十二月刊
「短歌」	二〇一九年一月号
「歌壇」	二〇一九年四月号
「短歌研究」	二〇一九年四月号
「月光」（五十九号）	二〇一九年六月刊
「短歌往来」	二〇一九年七月号
「月光」（六十号）	二〇一九年八月刊

右発表作品を以て一巻を構成

福島泰樹　歌集一覧

『バリケード・一九六六年二月』　一九六九年十月　新星書房
『エチカ・一九六九年以降』　一九七二年十月　構造社
『晩秋挽歌』　一九七四年十一月　茱萸叢書　草風社
『転調哀傷歌』　一九七六年四月　国文社
『風に献ず』　一九七六年七月　国文社
『退嬰的恋歌に寄せて』　一九七八年三月　沖積舎
『夕暮』　一九八一年九月　砂子屋書房
『中也断唱』　一九八三年十二月　思潮社
『望郷』　一九八四年六月　思潮社
『月光』　一九八四年十一月　雁書館
『妖精伝』　一九八六年七月　砂子屋書房
『続　中也断唱［坊や］』　一九八六年十月　思潮社
『柘榴盃の歌』　一九八八年十一月　思潮社
『蒼天　美空ひばり』　一九八九年十月　デンバー・プランニング

『無頼の墓』　一九八九年十一月　筑摩書房
『さらばわが友』　一九九〇年十二月　思潮社
『愛しき山河よ』　一九九四年三月　山と渓谷社
『黒時雨の歌』　一九九五年二月　洋々社
『賢治幻想』　一九九六年十一月　洋々社
『茫漠山日誌』　一九九九年六月　洋々社
『朔太郎、感傷』　二〇〇〇年六月　河出書房新社
『デカダン村山槐多』　二〇〇二年十一月　鳥影社
『月光忘語録』　二〇〇四年十二月　砂子屋書房
『青天』　二〇〇五年十一月　思潮社
『無聊庵日誌』　二〇〇八年十一月　角川書店
『血と雨の歌』　二〇一一年十二月　思潮社
『焼跡ノ歌』　二〇一三年十一月　砂子屋書房
『空襲ノ歌』　二〇一五年十二月　砂子屋書房
『哀悼』　二〇一六年十月　皓星社

『下谷風煙録』 二〇一七年十月 皓星社
『うたで描くエポック 大正行進曲』 二〇一八年十一月 現代短歌社
『亡友』 二〇一九年十月 角川書店

全歌集

『遙かなる朋へ』 一九七九年五月 沖積舎
『福島泰樹全歌集』 一九九九年六月 河出書房新社

選歌集

現代歌人文庫『福島泰樹歌集』 一九八〇年六月 国文社
現代歌人文庫『続 福島泰樹歌集』 二〇〇〇年十月 国文社

定本・完本歌集

『定本 バリケード・一九六六年二月』 一九七八年十一月 草風社
『完本 中也断唱』 二〇一〇年二月 思潮社

アンソロジー

『絶叫、福島泰樹總集篇』 一九九一年二月 阿部出版

福島泰樹（ふくしまやすき）

一九四三年三月、東京市下谷區に最後の東京市民として生まれる。早稲田大学文学部卒。一九六九年秋、歌集『バリケード・一九六六年二月』でデビュー、「短歌絶叫コンサート」を創出、朗読ブームの火付け役を果たす。以後、世界各地で朗読。全国千六百ステージをこなす。単行歌集三十二冊の他、『福島泰樹歌集』（国文社）、『福島泰樹全歌集』（河出書房新社）、『完本　中也断唱』（思潮社）、評論集『追憶の風景』（晶文社）、『日蓮紀行』（大法輪閣）、DVD『福島泰樹短歌絶叫コンサート総集編　遙かなる友へ』（クエスト）、CD『短歌絶叫　遙かなる朋へ』（人間社）など著作多数。毎月十日、東京吉祥寺「曼荼羅」での月例短歌絶叫コンサートも三十五年目を迎える。

歌集　亡友《ぼうゆう》

2019年10月25日　初版発行

著　者　福島泰樹
発行者　宍戸健司
発　行　公益財団法人　角川文化振興財団
〒102-0071　東京都千代田区富士見1-12-15
電話03-5215-7821
http://www.kadokawa-zaidan.or.jp/
発　売　株式会社　KADOKAWA
〒102-8177　東京都千代田区富士見2-13-3
電話0570-002-301（カスタマーサポート・ナビダイヤル）
受付時間　11時～13時／14時～17時（土日祝日を除く）
https://www.kadokawa.co.jp/
印刷製本　中央精版印刷株式会社
 ISBN978-4-04-884318-8 C0092